눈의 나라 설화

임 미 옥 시집

문학사계)

머리말

그늘진 산 아래 휘어져 도는 길모퉁이에 오래전 내린 눈이 남아 있었다. 축복처럼 내려 쌓이던 눈송이들이 어느 결에 성가신 짐이 되어 변두리로 내몰려 있었다. 나는 흙먼지에 뒤덮여 볼품없이 변해버린 눈더미를 유심히 바라보곤 했다.

누구에게나 축복이었으나 어느덧 짐이 된 존재들, 붙잡고 있을수록 누추해지는 빛나는 순간들이 있으리라. 햇살이 닿지 않는 곳의 저 눈더미처럼 녹아 없어지지도 못한 채 웅크리고 있는 무력하고 아픈 시간들이 있으리라.

그것은 마치 나의 시 같았다. 반기는 이가 없어도 쉼 없이 내리던 눈송이들이었다. 순수한 눈의 나라 열정의 꽃잎들이었다. 누가 뭐래도 소중하고 아름다운 순간들이었다. 그런데 그것들이 지상의 현실에서 내몰려 생활의 응달에 방치된 채 오염되고 있는 게 아닌가.

제2시집을 낸 이후 지금까지 6년 남짓, 마음의 근원은 언제나 시에 드리워져 있었지만 그로부터 뻗어나간 가지들로 복잡하고 어수선한 시간들이었다.

그 사이에 나는 종교영성과 심리상담을 공부하게 되었고, 문학을 하면서 심리상담을 하다 보니 문학을 통한 마음의 치료에

관심을 갖게 되면서 문학치료학이라는 새로운 학문 분야에 입문하게 되었다. 또한 문화센터 등지에서 문학창작과 문학치료를 가르치고 촉진하는 일을 맡게도 되었다. 그러한 배움과 실천의 기회를 통해서 나는 사람을 좀 더 깊이 바라보게 되고 인생에 대해서 보다 폭넓게 느끼고 생각하게 되었다.

참말이지 슬픔 없는 사람은 없고 아픔 없는 인생은 없다는 게 꾸밀 수 없는 삶의 진실이었다. 하지만 그렇기에 더욱, 역시 가장 중요한 것은 시였다. 상처로 인해 흘러나오는 것도 시요, 상처를 아물리는 것도 시라는 생각 때문이다.

송진처럼, 상처로 인해 흘리는 투명하고 진한 눈물이 현악기의 활털에 발라져 음악이 되듯이, 우리의 아픔과 슬픔이 시가 되고 노래가 될 수 있다면 얼마나 좋을까. 제 몸의 진액으로 이물질을 감싸며 자라난 진주처럼, 밤하늘의 어둠 가운데 총총 떠오른 별빛처럼, 우울하고 공허한 삶을 아름다운 언어의 빛과 사랑으로 충만하게 채울 수 있다면 얼마나 흐뭇할까.

물고기가 물을 떠나서는 살 수 없듯이 시인이 시를 떠나서는 살 수 없다. 시가 아니면 아름다운 존재의 꽃을 피울 수 없을 뿐만 아니라 참다운 보람의 열매를 맺을 수 없으리라. 결국 나의 모든 편력들, 뻗어나간 가지들은 좋은 시를 쓰고자 하는 오롯한 바람의 줄기에서 비롯된 것들이었다. 그렇기에 지난 세월 내 삶의 소출이라 할 수 있는 작품들을 바라보니 나머지는 모두 궁색한 변병에 지나지 않겠다고 여겨진다.

좀 더 치열하게 써야 했고, 더욱 절차탁마切磋琢磨했어야 했다. 그렇게 시를 쓰는 것만이 진실로 나를 치료하고 성장시키며, 위로하고 구원하는 데 도움이 될 수 있으리라. 내가 시를 살릴 때 시가 나를 살리고, 내가 살아날 때 나와 인연된 존재들에게 조금이나마 도움이 될 수 있을지 모른다.

이 초라한 결실들을 『사과 깎기』와 『첼로꽃』에 이어 세 번째 시집 『눈의 나라 설화』에 담아 내어놓는다. 왕대가 아닌 시누대도 마디를 짓듯 나 역시 애오라지 한 시기를 매듭짓는 게 올곧게 성장하는 길이라 믿기 때문이다. 나와 함께 이 작은 치유와 위로의 순간들을 나눌 단 한 명의 독자라도 있다면 다행이겠다.

가장 소중한 시, 수연과 소연 두 딸들에게 이 기회를 빌려 사랑의 인사를 전한다.

2016년 8월 15일 용인산방에서
임미옥 적음

차 례

머리말

제1부 눈의 대화

제2부 봉선화 물들이기

제3부 너 어디 있느냐

제4부 가마솥과 달항아리

제1부

눈의 대화

감잎 엽서

감잎 낙엽 한 장
벤치에 앉아 쉬고 있다.

귀퉁이가 움푹 벌레에 갉혔고
골 붉은 다홍에 드문드문 카키색
서너 군데 바람에 할퀸 상처를 지녔다.

바람보다 멀리 떠나고 싶었으며
햇빛만큼 따사롭게 머무르길 원했으나
바람에게 무심과 체념을 배우고
햇볕에 사랑과 감사를 익혔다.

모순을 끌어안고 살아온
치열한 불꽃이 한 장
먼 길에 가쁜 숨을 고르고 있다.

바람과 햇빛을 사모했던 시인이
적갈색 코트를 걸친 채
마지막 시상詩想을 고르고 있다.

눈의 대화

우리 다른 얘기는 하지 말아요.
조용히 내리는 눈을 바라보며 속삭이는
그대와 나의 하얀 목소리,
우리 천상의 얘기만 나누기로 해요.

눈 때문에 도로가 막혔다거나
눈이 녹으면 길이 질척거릴 거라거나
그런 지상의 얘긴 덮어두기로 해요.

만년설산에 피어나는 설연화雪蓮花처럼
눈으로 말하고 눈으로 주고받는
얘기꽃 미소 속에 모여드는 꿀벌들
잉잉거리는 날갯짓은 봄을 부르고
봄은 또 지상에서 천상을 꽃피우겠지요.

우리 오늘 다른 얘기는 하지 말아요.
그대와 나, 우리 단둘이
눈의 나라 시민이 되어

푸른 추억의 침엽들과 붉은 소망의 가지들이
간직하고 비워낸 만큼 받아들여 쌓이는
축복을 마음껏 누리기로 해요.

진주眞珠

1.
바다 깊이 입 꼭 다문 조개가 있다.
어둠을 견디며 꿈꾸는 세월 속에
상처와 아픔을 둥글게 감싸 안으며
제 살과 피로 키운 미묘한 진실덩어리
조가비 열린 틈으로 새어나는 광채가 있다.

2.
진주 상인에 대한 예수의 비유 이래
좋은 시 한 편 얻기 위해서라면
깊은 바닷속에라도 뛰어들겠다는 시인이 있었다.
그가 발견한 진주
색 위의 색, 빛 위에 빛을 더하는
진주색 은은한 천국의 소리……
바다 깊은 동자와 동자의 오롯한 만남.

3.
마음 바다 깊은 곳에

입 다문 진실 한 알 잠자고 있을까.
진주의 잠 깨워주는 사람 있어
눈을 뜨는 하늘나라
열어젖힌 무덤 앞에서
달빛 옷고름 풀어 추는 춤사위에
천년 우려낸 아미산 진달래꽃술 건네며
눈먼 절창 뽑아 드릴 그런 사람이 있을까.

모과

한 생애의 단단한 응축

엄살과 가식이 비집어들 틈이 없다.
위선의 껍질을 뒤집어쓸 새도 없다.

숨가쁜 생의 비탈에서
한결같은 기도의 자세로 내달려온
인고의 세월 끝에 얻은
진실 한 덩어리……

울퉁불퉁 못생긴 얼굴
깊은 데서 울리는 저녁 종소리
금놀빛 아득한 그 향기가 나를 깨운다.

꽃누르미

어둠이 빛을 눌러놓는다.
아름다운 순간을 잡아두기 위하여
책갈피에 꽃잎을 끼워
다듬잇돌로 눌러놓는 소녀처럼

삶의 문턱을 넘을 때마다
문득 아려오는 가슴속 꽃잎,
소녀처럼 한없이 작아지는 나를 누르는
어둠은 빛을 누르는 다듬잇돌,
빛의 주름살을 펴서 한층 젊어지게 한다.

밤이 하루의 주름을 펴서
신선한 아침을 마련하듯이

빛도 어둠도 그분께 속하였다면
나를 누르는 힘은 또 다른 선의,
그 풍향계 가리키는 곳으로
새롭게 꽃피는 내일을 맞으리.

촛불

작고 연약한 몸이지만
대지처럼 넓은 품을 지녔습니다.

힘없이 떨리는 손길이지만
바다처럼 가없는 지혜를 지녔습니다.

압니다, 저는 압니다.
당신의 아픔과 슬픔의 폭과 깊이를.

고달픈 항해에 찢겨진 그물처럼
후줄근히 고개 숙인 저를 감싸안으며
말없이 눈시울만 적시던
엄마,

까마득히 밀리는 어둠이
종잇장처럼 떨려오는 새벽

까맣게 뭉개진 목숨의 심지 돋우며

당신을 부릅니다.

빛으로 사랑으로
다치고 찢긴 상처 어루만지고 꿰매시며
눈물 가득 젖은 눈에 환한 웃음 띠우시는
엄마를.

화분花盆

무명이어도 좋으리
꽃, 너를 위해서라면

모자란 듯 구멍 난 바닥
얼기설기 망으로 덮고
휑하니 텅 빈 가슴은
마사토 부엽토 흙으로 가득 채워

너를 키우리
너를 꽃피우리

이름이 없으면 어때
빛깔과 향기쯤 가려지면 어때

꽃으로 꿈으로
천만번 피고 지는 너를 위하여
마음은 품 넓은 대지

사시장철 촉촉한 물기 머금고
바람과 햇살을 벗하여
서늘하면서도 따스한 엄마 품
꿈자리 아늑한 토기화분이 되리.

갈대

찬바람에 서걱대는
너희, 아픈 것들아
아파서 슬퍼서 아름다운 것들아

얼마나 긴 밤을 고열로 시달렸기에
머리카락 그렇게 하얗게 새이었는지
얼마나 많은 날들을 울면서 헤매었기에
그렇게 메말라 서걱대는지

사랑 때문인지 가난 때문인지는
그래, 피차 묻지 말기로 하자.

기러기도 떠나가는 늦가을저녁
바닷바람 이토록 불어대는데
발이 펄에 빠져 떠나지도 못한 채
서걱 서걱 서걱 서걱 서걱서걱—

생각하는 갈대끼리 갈대끼리

꿈 많았던 갈대끼리 갈대끼리
마른 몸 부딪치며 부대끼며
썰물처럼 이리저리 휩쓸리며 떠밀리며

쓸쓸함을 위하여
사라지는 것들을 위하여
텅 빈 가슴속 은피리를 불어대는
너희, 아름다운 것들아
아름답고 장하여 안쓰러운 것들아

난초는 난초끼리

난초는 난초끼리
원추리는 원추리끼리

세상사 화려한 꽃들이
박람회를 열거나 말거나

그 꽃에 그 풍뎅이들
징치고 꽹과리치고
뱅뱅이를 돌거나 말거나

숙녀는 숙녀끼리
군자는 군자끼리

물 맑고 공기 좋은
깊은 산 푸른 골짜기에서

정겹고도 서늘하게
시를 익히며

시음을 읊으면서

시인은 시인끼리
난초는 난초끼리

낡은 꾸러미

영등포 역사에 내린
노부부가 나란히 걸어갑니다.

할아버지는 등짐을 지었고
할머니는 머릿짐을 이었습니다.

남루한 짐 보따리 속에는
올해 추수한 곡식과 열매들
꾸러미에 단 장도 들었습니다.

햇살에 주름진 얼굴
세월의 풍파에 곰삭은 눈빛에
아들딸 내외와 손자들이 어른거립니다.

아무도 거들떠보지 않는 고생보따리
농부의 일생 속에 빛나는 진주알

인생이란 낡은 꾸러미 속
흙 묻은 하늘나라가 걸어옵니다.

갯벌방

아이들이 다녀간 자리
썰물 빠져나간 갯벌처럼 어지럽다.

흐트러진 침대에 널브러진 옷가지,
화장솜과 시디와 물병과 컵들과
과자봉지, 밀감 껍질 수북한 두리함지박……

갯바위의 해조를 따듯이 옷가지를 추스르고
개펄에서 굴을 캐듯 잡동사닐 치우다보면
갯내음 싱그러운 피뿔고둥 껍질처럼
두르르 말려지는 서녘 창가 엷은 햇빛

물결은 머언 수평선을 향하여
허둥지둥 뒤돌아보지 않고 달려만 가는데
애틋이 타는 마음 달랠 길 없어

가지런히 쓰다듬는 차렵이불 속에
남기고 간 체온이 검붉은 노을이 되어

텅 빈 방 개흙으로 밀려와
까끌한 눈자위 촉촉이 번진다.

담배연기

섬세한 손가락 사이
빠져 달아난 반지 대신
긴 담배를 끼워 무는 여자

영원의 사랑을 꿈꾸었지
잃어버린 성배처럼
벌써 흔적 없이 사라져간
꿈, 연기로 사라질 약속을 물고
후회를 태우면서
메마른 시간을 태우면서

속 타는 입술 끄트머리
뒤엉킨 상념의 실타래를
한숨의 춤으로 풀어 날리며
허공을 걷는 여자

가지치기

쳐내야 산다.

번뇌 무성한 생각나무
웃자라난 헛가지들

부질없이 뻗어가는 헛꿈,
헛바람에 썩은 가지들

일상의 타성에 젖어 달리는
삐딱한 습관의 가지들

김유신 장군이 애마의 목을 치듯
눈 질끈 단호히 쳐내야 한다.

잘려나간 가지들
문둥이 손처럼 뭉그러진
상처가 쓰리고 아파도

새움 돋을 희망에 뿌리 뻗은
생명나무로 살려내기 위하여.

입추立秋

푸른 고집을 세우고 섰던
나뭇잎 하나
잔바람에 바르르 떨었다.

붉은 볕에도
버티던 자존심을 툭 꺾으며
가을 쪽으로 135도쯤
귀를 기울인다.

울새 한 마리 깃들며
낙하하는 깃털 몇 개가
오후 네 시의 햇빛에 반짝거렸다.

무지개처럼
세상엔 참으로 많은 색이 있을 거라고
미지근한 바람 한 줄기가
귀밑을 스치며 속삭였다.

너도 어쩔 수 없을 거라며
매미도 잦아드는 울음으로
복선을 깔았다.

아직은 열기 그득한 거리에
잡힐 듯 잡히지 않는
마음의 색상

조금쯤은 철들어 가는지
누릇한 경청傾聽의 귓바퀴를
쫑긋거리고 있었다.

겨울들녘

빈 들에 눈이 내린다.

흩어지는 지푸라기와
엉성한 볏짚만이 전부인
남루한 들판 위로
천사의 깃털이 내려 쌓인다.

바람은 지칠 줄 모르는 군마인가
야윈 가슴 짓밟고 달리거나 말거나

가진 것 다 내어주고
볏짚 엮어 덮은
초가지붕 아래서
가마닐 짤까 짚신을 삼을까

버려진 언어의 쓸모를 궁리하는
동심의 늙은 농부들
허허로운 가슴 가득
구수한 얘기들 꿀벌을 불러 모은다.

바위화법

햇빛에 반짝
바위가 얘기를 한다.

물결이 아무리 출렁거려도 말이 없던
바위가 단 한 번 해의 눈짓에
안으로 굳게 닫아건 말문을 열고
햇살 환한 눈빛을 반짝이며
소리 없는 말로 인사를 건넨다.

달빛에 반짝
바위가 미소를 짓는다.

칼바람 아무리 몰아쳐도 꿈쩍 않던
바위가 한 자락 달의 손길에
단단한 만년외투의 깃을 내리고
달빛 부드러운 미소를 보이며
극락의 아름다운 손을 내민다.

별빛에 반짝
바위가 꿈의 차를 마신다.

눈보라 아무리 흩날려도 묵묵하던
바위가 한 소절 별의 속삭임에
억년 함묵을 깨고
별빛 아스라한 꿈의 날개 펼치며
아무도 모르는 영원 속 밀어를 소곤거린다.

연근蓮根처럼

꽃은 또 그렇게
뿌리를 키우고 있었나 보다.

무심한 듯 초연한 듯
허공만 바라보던 눈동자
세상사 관심 없이
저 홀로 청정한 줄로만 알았더니

오탁에 발 담그고
아린 세월 진흙범벅 구멍투성이
가슴으로 어둠을 걸러내고 있었나 보다.

꽃은 져도 향기는 남고
향기는 사라져도 뿌리는 남아
연꽃보다 흰 보살의 마음으로
진흙 속 진주를 캐내고 있었나 보다.

꽃 진 방죽 깊은 데에서

연근을 캐어내는 농부처럼
오탁을 걸러내는 연근처럼

외로운 높이

지붕 꼭대기에 홀로 앉았다.

비단결 솜털 보드라운
우리 집 참고양이

부대껴 비벼댈 가슴 하나
없지만 괜찮다
오히려 홀가분하다
굽어보니 세상 참 아늑하다고

이 한밤
무리를 빠져나온
야생의 진주

솔숲 사이로 떠오른
보름달 그리움을 핥으며
창연한 고고성高孤聲을 울리고 있다.

종이컵 2

겉은 비록 허술해도
마음은 언제나 진실을 향해
처음처럼 순결한 입을 열었다.

아무리 가벼운 만남이어도
영원처럼 빛나는 순간마다
햇살의 온정을 가득 담아 건넸다.

유리처럼 반짝거리지 않았고
플라스틱처럼 질기지도 못했지만
태어난 숲을 닮아 맑고 고요한 성품

모든 걸 아낌없이 내어주고도
언제나 버려지고 구겨져 있을 뿐
무어라 따지고 대어들 줄을 몰랐다.

천 번을 접으면 학이 된다는 종이학처럼
천 번을 내어주면 도자 잔이 될지도 몰라

천 편의 시를 쓰면 시인다운 시인이 될지도 몰라

횅하니 바람 부는 길목에서
구겨 던져진 마음을 추스르며
한 장의 따스한 순간의 형이상학을 편다.

순간의 진실도 차곡차곡 쌓으면
언젠가 하늘에 닿을지도 몰라

버려진 종이컵을 곱게 펴서
수거기에 쌓아놓고 돌아오는 길
달빛도 종이컵 동그라미로 웃는다.

껍질론 5

— 음반 껍질

한 장 비닐은
성령으로 잉태한 처녀의 베일인가.

음반 한 장에 빼곡히 담긴
노래 열두 곡

얇은 베일을 벗기자
음악들이 깨알처럼 쏟아져 나온다.

무궁무진 감춰졌던 천국의 보석들이
다채로운 소리의 색깔들로 빛을 발한다.

온갖 비유와 상징의 날개를 달고
공중으로 비상하며 파닥인다.

빵만으로 살 수 없는 삶이기에
보석 묻힌 밭의 음반
천국의 문, 그 투명한 밀봉을 연다.

포이에마

– 곰소 횟집에서

옥돌 위
상추 잎에 누워있는
감성돔 회 한 점에 잔을 비우며
즉흥시를 읊노라.

말씀으로 천지를 창조하시고
광물 식물 동물을 만드신 뒤에
지으신 바, 우리는 하느님의 포이에마.

작품은 작가를 닮는다는데
나도 하느님을 닮았을까?

1, 2, 3차 산업을 두루 누리는 가운데
4차 산업 일으켜 시를 지어 읊으니
하나님 보시기에 매우 좋았더라.

시의 길

어디로 가는지
꼬리를 물고 달리는
차들의 대열에 끼어
나의 차도 달린다.

목적지는 시창작 교실,
고가도로 병목에 끼어 주춤거리던
상념이 햇살 쪽으로 방향을 튼다.

상념의 가속기를 밟으면서
한파에 얼어붙은 날개를 퍼득여
싸늘한 강물을 박차고 날아오르는
물새 한 마리,

떼 지어 몰려가며 지저귀는 새들은
모두 어디로들 갔는지
대열에서 빠져나온 하얀 날개가
푸른 하늘을 외로이 난다.

검은 강물을 헤적여
벌레를 잡아먹던 시간들은
정녕 비상을 위한 침잠이었노라고

밤샘작업에 시린 부리를 햇살에 데우며
긴 목을 곧추세운 채
까만 아스팔트 위로
애잔한 목숨의 날개바퀴를 굴린다.

제2부

봉선화 물들이기

목련 엄마

남향집 볕드는 창가에서
젊은 엄마가 아기에게 젖을 먹인다.

엊그제 순백의 신부이더니
어느새 파릇한 젖먹이의 어미가 되었나

빛나는 웨딩드레스를 벗어 내려놓고
갈아입은 수유복, 산고의 땀에 젖은
꽃잎이 누릇하다.

한 겹 앞섶 살며시 열어
연둣빛 새순에 물리는 순간
엄마와 아기의 마주치는 눈빛에
뚝뚝 지는 모유 방울들

떨어진 꽃잎들은
아프게 지나온 눈길 위 발자국들
생활의 서랍에서 퇴색하는 연서가 될지라도
젖빛은 눈빛보다 눈이 부시다.

산수유 아기

황달 든 신생아
아슴푸레한 눈망울이
부챗살 햇살처럼 퍼지고 있다.

늑막염 앓는 가난한 어미
루비알 눈물을 아는지 모르는지

이 고비만 넘기면 봄이 만개하리라
손톱만한 빛이라도 트이면 희망이라고

세한 추위와 자욱한 황사를 건디며
한 소쿠리 봄꿈들이 혼곤한 잠에 취해
천국의 옹알이를 터트리고 있다.

은장도

동짓달 밤하늘 은은한 달빛처럼
차갑게 빛나는 칼날 하나쯤
남몰래 간직해둔 여인이기를

잠 못 드는 밤
막막한 어둠 속 초롱한 별빛처럼
간절한 그리움으로 벼른 일편단심
그 푸른 정신으로 살아남기를

마지막 순간이 오기까지는
날카로운 사연일랑 가슴 깊이 묻어두고
산호, 연꽃과 댓잎, 학과 당초무늬
화사한 은빛 칼집의 기품으로 살아가기를

풍경風磬

누가 매달아 두었을까
처마 끝 아스라한 바람의 길목에
자그마한 동종 하나

축 처진 어깨
텅 빈속에 비끄러맨 줄 끝
묵직한 십자추 아래
납작한 물고기 눈을 뜬 채
바라춤을 추고 있다.

울려주는 이 없어도
바람이 불 때마다
제 안에 갇힌 소리를 풀어
하늘 호수 물결 짓는 수정의 자락

비울수록 맑게 울리고
울릴수록 널리 퍼지나니
몸은 비록 매였어도

소리는 우주를 난다고

물과 불의 계곡을 건너와
처마 끝에 매달린
깡마른 선사가
그물에도 걸리지 않는
바람의 경전을 읊는다.

봉선화 물들이기

목질도 가시도 낼 줄 몰라요.
연하디 연한 살빛에
진초록 저고리와 다홍치마

가난한 울 밑에서
딱 한 해 살고 떠나도
굽힐 줄 모르는 절개와
건드릴 수 없는 자존심의
마지막 고갱이는 살아 있어요.

따내면 따내는 대로
짓찧으면 짓찧는 대로
백반에 괭이풀까지 더하여
뭉개면 뭉개는 대로

쓰리고 아린 가슴 다소곳이
아주까리 무명실에 꽁꽁 싸매어
봉분 속 이 한밤을 지새울지라도

나를 건드리지 말아요.
가능의 씨알 가득한
내 씨방만은 건드리지 마세요.

상처보다 아릿한 꽃말을 남기고
매정한 손톱들 물들이고 떠나가는
그 고운 마음의
진하디 진한 꽃빛깔을 물들여요.

능소화

누구의 마음을 훔치려고
저리도 고혹적인 몸짓으로
벽을 타고 오르는가.

한여름 땡볕 아래 바람 한 점 없어도
삼단 같은 머릿결을 폭풍처럼 찰랑이며
불꽃 댕기 나울나울 벽을 넘는
요조숙녀여,

지고한 그리움은 성벽보다 높고
지순한 몸짓은 샘물보다 맑아

뭇사람의 눈길을 훔쳤으나
사모하는 단 한 사람 그 마음 훔치지 못해
하늘 비단에 청실홍실 고운 수만 놓다가
선혈로
뚝
뚝

지고
마는가

엇갈린 순애보 사랑이여
허공에 손을 뻗는 안타까운 갈망이여

선운사 송악*

혼자서는 갈 수 없는 인생길
그대가 있어 참 다행이라고
의지력 하나로 버텨온 그대와
붙임성 하나로 살아가는 나
이렇듯 만난 게 꿈만 같다고
바위의 굳셈과 나무의 정다움으로
험난한 세월의 절벽을 타고 오르며
그대가 나인지 내가 그대인지
알 수 없는 우리가 되어
그대 안에 내 안에
깊이 잠든 샘물을 잎으로 끌어올려
한오백년 누리는 사철 봄날
이별 많은 세상에서도
그대와 내가 하나 되어 전하는
한 덩이 거대한 불변의 상징
말 없는 말, 부처의 무정설법.

* 선운사 송악 : 전라북도 고창군 아산면 삼인리에 있는 수백 년의 수령으
로 추정되는 노거수로 선운사 어귀 개울 건너편 절벽을 온통 뒤덮은 채
자라고 있다.

민들레 꽃바퀴

그리움을 아는 사람만이
그리움의 꽃을 피우리.

엄동설한 지난 뒤
말갛게 빈 마당에
먼 데서 날아온
추억의 홀씨 하나

망각의 잠 깨워
꺼진 촛불에 새 불을 붙이고
소망이라는 이름의 꽃수레
쌍바퀴를 굴리네.

햇빛도 놀다 가는
마당 한가득
부챗살 퍼지는 기쁨의
잔물결을 수놓으며
목숨의 열락悅樂을 꽃피우네.

피겨스케이팅

세상이 빙판이라면
나는 칼날이 되리.

칼날보다 차갑게 날선
스케이터가 되리.

숙명의 쇠날 스케이트를 타고
차고 미끄러운 생의
빙판을 지치리.

수천 번 넘어지고 미끄러져
부끄러운 엉덩방아를 찧어도
수만 번 다시 일어나 뛰고 도는
영혼의 불꽃

파르란 불꽃으로
싸늘한 세상길 빙판을 녹이리.

녹아든 가슴 가슴 피는 꽃잎에
꿈결처럼 춤추는 나비가 되리.

영원한 유랑 나비가 되어
그대 아늑한 상상 속을 흐르리.

유리잔 속의 폭우

유리잔에 포도주를 따른다.
갈가리 찢긴 가슴속
울새가 피를 토하고 쓰러져도
눈물 한 방울 흘리지 않는
유리잔은 얼마나 큰 강을 건너고 있을까.

싸늘한 형광등 불빛을
빙벽의 가슴으로 맞버틴 불사조
창백한 얼굴에 환히 얼비치는 통증이
진홍빛 장미다발로 타오르며
기죽은 나의 영혼을 부추긴다.

차가운 존재의 비탈에 선
깡마른 시간의 얼굴이
지금은 억수로 퍼부어야 할 때라고
액자 속 피 흘리는 석고상처럼
안으로 안으로 흐느끼고 있다.

겨울목련

한파가 아무리 몰아쳐도
꽃의 꿈을 저버리지 않으리.

맨몸뚱이 외로이 동토에 서 있어도
하늘이 마련해준 붓털 하나면 족하니
이 붓끝 가다듬어 세한도를 그리리.

거친 세상 아귀다툼에
귀 막고 눈감고 입 다문 채
안으로 감아 도는 내재율을 따라
상처마다 돋아나는 꽃눈들

시련 속에서 부푸는
순결한 시상詩想을 꼬무락거리며
눈 먼 화선지에 봄꿈을 펼치리.

겨울 목탄화

죽지 부러진 비둘기 떼
눈구름으로 깔린 하늘을 이고
목련 한 그루
동토에 발을 드리운 채 묵도하고 있다.

바람이 할퀴고 간
맨몸뚱이에 묵은 눈짐을 한가득 지고
땅으론가 하늘에론가
휘어져 뻗어 올린 가지마다 돋아난
꽃눈, 꽃눈, 꽃눈들……

미사포를 둘러쓴 임부처럼
가슴 깊이 간직한 그날의
빛나던 눈동자를 되새기며
꼬옥 여민 털옷 속에 꽃꿈을 키우고 있다.

가을 첼로

 - 12 첼리스트들의 연주

열두 사내들이 운다.

산마루에 걸린
태양이 마지막 숨을 거둘 때
지상의 전당엔 낮게 깔리는 노을

다 이루었어도
끝내 다 이루지 못한
아름다움이 혹시 남아있을까

태양이 떨어뜨리고 간
낮은음자리표의 음표들을 긁어모으며
선이 굵은 사내들이 피울음을 토해낸다.

가을비 속으로

대지의 열기를 식히며 내리는
인생 2막과 4막 사이
성숙을 격려하는 서늘한 갈채인가요.
절망과 희망 사이
소망을 물들이는 차가운 은총인가요.

저마다 제 악기 하나씩 들고
무대에 오른 나무들
사계의 제3막을 연주하기 위하여
빗줄기 활을 그어 늘어진 잎의 현을 켜네요.

눈이 부시어 바라볼 수도 없던
그 태양의 계절
떠나가는 뒷모습을 어루만지며
가녀린 첼리스트가 첼로 현을 그어대네요.

이 길 끝 어디쯤에서
황금빛 환한 웃음 날리며

가만가만 지는 단풍잎
하나 둘 헤아리며 걸어갑니다.

시인의 마을

그녀가 사는 마을엔
아침마다 안개가 잠옷을 벗는다.

추억을 새김질하는 숲처럼
초록빛 상념에서 덜 깬 채
그녀는 눈을 뜬다.

먼 산을 바라고 앉은 그녀의 손끝
오래 닳은 지문에서
작전지도가 꿈틀거린다.

간밤 꿈에 만지작거리던
기발한 착상에서 움이 틀까.

선율을 켜는 손끝
오래 닳은 지문을 꼬무락거리며
언어의 건반을 두드리면
시어詩語가 사금처럼 반짝인다.

어느덧 안개 걷히고
마을 저 너머 드러나는 산등성이
나무들이 수런수런 초록 꿈을 펼치는
한 페이지의 신성한 시첩이 열린다.

겨울 창가에서

수묵화 여백으로 다가오는 겨울
새벽 창가에 불꽃이 튄다.

시린 생에 싸구려 방한복을 껴입은 채
눈을 치우는 인부들의 삽에서
튀는 불꽃이
얼어붙은 창을 녹이며 번쩍거린다.

백지 위에 활자를 찍으며
시를 쓰는 그대 언어의 삽에서도
불꽃이 튀고 있을까.

선잠의 숲을 빠져나온
내 영혼은 어디로 가야 할지
길을 잃고 헤매는 고라니 한 마리

냉랭한 시의 창

얼어붙은 백지를 삽질하며 쩌르렁 쩌르렁
엄동을 깨우는 소리가 있어

멀리 잿빛 등성이를 드러내는
산 아랫마을엔 투명한 시어의 보석들 열리고
잠 덜 깬 차들이 드문드문
부신 눈을 부비며 눈길 위로
천천히 미끄러져 나아갈 때

나는 비로소
우거진 단잠의 숲에 들어
꿈길 가득 밝아오는
그대, 다디단 목밀木蜜 열매를 딴다.

겨울초승달

상처가 빛이 되어요.

칠흑 세상
칼바람에 베인 상처에
피보다 진한 울음으로 지새는 밤

누구도 대신할 수 없는
아픔을 시로 쓰면서
상처를 다스려 진주로 키우면
어디선가 머얼리 매화꽃 터지는 향기

아픔의 크기만큼 빛이 되는 거라고
뭇별들 소곤대며 슬픔을 잠재우네요.

학재스민

이름값을 하면서
그대처럼 향기롭게 살으리.

하루를 살더라도 천년처럼
천년을 살더라도 하루처럼
그렇게 순수하고 우아하게

전설처럼
긴 목을 드리우고
머언 별빛에 염원을 모으는
희고 푸르른 자태

세상사 아무리 혼탁하여도
달콤한 듯 알싸한 목소리로
거울의 코끝을 톡 쏘며 봄을 부르리.

아담한 꽃을 피우며 사는 봄
그런 꿈으로 영그는 이름의 값.

고니

가자, 더 추운 곳으로

더운 세상 어디에도
그대 머물 곳 없으니
끓어오르는 가슴속
불을 다독여
다시 먼 길을 가자.

진눈깨비 흩날리는 하늘이라도
저기가 네 무대
움츠렸던 깃 치며 나래 떨며
고니 고니 노래도 부르며
잿빛 대기를 뚫고 솟아오르자.

가슴엔 아린 꽃망울 안고
시린 날개 저어 저어
수정 같은 얼음 강에 이르면
긴 목을 제 깃에 파묻으며

외로이 지새울지라도
거기 꿈결 같은 함박눈 내리리니

날자, 이 한밤
섧도록 흰 날개 펼쳐 본향길로 가자.

능소화 지다

봄에서 여름 한철
초경에 곱던 얼굴
어느새 가을로 접어들었네.

담장 너머 저 하늘까지
무성히 뻗어가던 바람들
여기서 멈춤!

쪽빛 하늘 언저리 물들이던
무수한 꽃빛 연서도
이제 그만!

목숨의 넝쿨 뻗어 올려
하늘 아이 잉태하던
빛나는 달거리도
이젠 아듀!

멈출 때

비로소 길은 완성되는 거라고

닫힌 문 앞에서
위태로이 매달리던
포승 같은 넝쿨을 놓고
가뿐한 착지,

담요처럼 포근한 땅에
놀빛웃음 봉오리째 흘리며 돌아눕는
기쁨이여, 안녕!

홍차를 마시며

햇빛 투명한 가을 오후에
친구와 마주앉아 홍차를 마신다.

그녀 얼굴에 쏟아져 내리는
햇살을 비켜 얼비치는 우수

슬픔도 삭이면 빛이 되는지
가슴 깊이 말아둔 푸른 기억들이
잎답게 물들어 노을로 풀리는가.

청춘의 떫음을 삭이고 나니
삶이란 단순하면서도 오묘한 것을

이 한 잔의 훈향을 위해
얼마나 많은 가슴속 찻잎들 꺾이고 뜯겨
어둠 속에서 홀로 속울음 삼키며 삭아왔을까

지친 날개를 접고

발효된 세월을 우려내는 눈빛에
저만치 오소소 떨던 잎들도
마른 입술을 적시는가.

진주의 길

휴대전화의 전원을 끄고
거울을 들여다본다.

교신이 끊긴
가슴엔 금이 간 진주

진흙탕에 짓밟힌
나의 시가 눈물짓고 있다.

시는
내 하나밖에 없는
존재의 진실

어둠 속
상처를 먹고 자란
영원의 장미

색 짙은 바람에

아직은 때가 멀었다고

패각 속으로 몸을 움츠린 채
등고선처럼 아스라한 길을 닦는다.

■ 제3부

너 어디 있느냐

너 어디 있느냐

너 어디 있느냐?
예, 저 콩나물시루 속에 있어요.
속박을 견디는 쥐눈이콩으로
착실하게 살고 있어요.
당신의 나라로 키를 키우고 있어요.

검은 보자기 아래 둥근 질그릇 속에서
발돋움하고 있어요. 자유천지를 꿈꾸며
은총의 샘물을 받아먹고 있어요.
단단한 껍질을 뚫고 꿈틀대고 있어요.
무지의 콩깍지를 벗겨내고 있어요.

별빛은 가슴 깊이 묻어두고요
먹구름 너머 태양을 바라보고 있어요.
콩나물 음률이 솔솔솔솔 내풍기는
그 환희의 합창을 위해
알찬 콩알들과 어깨동무하고 있어요.

너 어디 있느냐?
예, 저 생명의 샘터에서 물을 긷고 있어요.
콩나물시루의 물바가지 샘물 되고 싶어서
시리고 아픈 시간 견디고 있어요.

기다리는 사람은 샛별이 된다기에
겸손하게 연단하며 눈 맑히고 있어요.
메마른 씨앗들을 싹틔우기 위해서
촛불처럼 기도하며 순명하고 있어요.

밤하늘 별빛이 어둠을 밀어내듯이
은하수 강을 건너 새벽이 다가오듯이
새소리 청아한 아침을 위해
인류의 빛나는 새아침을 위해
깨어서 준비하며 기다리고 있어요.

너 어디 있느냐?
네, 저 당신 안에 있어요.

당신께서 피워내신 달개비의
그 푸른 꽃잎 속에 있어요.
자그마한 풀꽃 위 영롱한 이슬 같은
당신의 눈물 속에 살아있어요.

사라의 천막 안에 살아있어요.
한나의 기도 속에 살아있어요.
라합의 삼대에 살아있어요.
마리아의 옥합에 살아있어요.

마른 땅을 적시는 빗줄기 소리 같은
당신의 은혜를 마음샘에 채우고
콩나물시루에 물을 붓고 있어요.

생명의 골짜기에 생수가 흐르듯
간구하고 응답하는 콩나물시루와 샘터,
목자牧者와 양의 무리,
은애恩愛의 그 품안에 살아있어요.

겨울나무로 서서

차라리 말하지 않기로 했다.
뻗어 나온 잔가지 끝에 매달린
잎들을 깨끗이 털어버리고
아예 입을 닫기로 했다.

바람이 불 때마다 팔랑대며
하늘을 가리고 퇴색해간
광고 쪽지 같은 언어들,

겉을 비우고 안으로 들어앉는
침묵대월沈默對越

눈서리 뒤덮인 앙상한 가지
설한풍에 주름진 입가에
매화나무 꽃눈 뜨는 말씀을 찾아서

심지 깊은 내면의 나이테에
한 종지 호롱불을 밝히고

가슴에 깃들인 까치방 다독이며
보름달 둥근 고요로 겨울강을 건넌다.

만년필

만년필이 백지에게로 왔다.

신비로운 만년설을 머리에 이고
감히 쳐다볼 수 없는 높이로 있던
설산이 내게로 왔다.

하늘을 향하여
백지로 머뭇머뭇 발돋움하는 나에게
성큼 다가와 모자를 벗어 들고
정중히 말을 걸었다.

형형한 눈빛과 온유한 음성,
천만년 변함없을
불후의 시문으로 말을 건넸다.

영원히 마르지 않는 가슴속
피보다 진한 잉크로
한 글자 한 글자 쓰며 오르는

절대사랑 절대자유의 봉우리

문필봉의 배턴이 내게로 왔다.

가방論

귀가길
어깨를 짓누르는 무거운 가방을 추스르다가
공책을 꺼내어 쓴다.

지천명도 중턱을 넘어서는 나이
이쯤해선 비우고 살아야 한다는
동창생들의 형형색색 경쾌한 웃음보따리가
땅거미로 깔리는 저녁

그림자 길어지는 내 가방의 무게를 가늠해보고는 어쩔 수 없
는 한숨에 빈 마음 한 권 더 챙겨 넣고 질긴 인연의 끈을 둘러멘
채 걸음을 재촉한다. 아직도 가야 할 길이 멀고 채워야 할 속은
비어 헛바람 쓰라린데, 무겁게 지고 가는 만큼 가벼워지고 빛으
로 채우는 만큼 더욱 알찬 볍씨가 되어 껍질과 까라기 속 시원
히 비우고 떠나가는 거라고.

비우기 위해 채우며 걸어가는 길
하늘도 빈 바랑 같은 만월을 둘러메고 흐른다.

퇴적분지 堆積盆地

종로3가역 지하
바닥에 고엽들이 쌓여 있었다.

독립선언 푸르던 잎들이
한 시대의 광합성을 마치고
떨어져 구르다가 삭풍에 휘몰려
음울한 퇴적 분지를 이루고 있었다.

마른 삭신을 추스르며
계단에 걸터앉은 낙엽들, 싸늘한
콘크리트 바닥에 신문지를 깔고 앉아
졸고 있는 고엽들, 중고서적처럼
퀴퀴한 언어를 버석거리며
자기들끼리 기대어 포개지면서
도시의 해저에 떠밀려 쌓이는 지푸라기들

하늘을 야금거리던 연둣빛 추억과
절정으로 타오르던 노을을 포개고

아찔한 추락의 경험에
불합리한 세상사 성토를 뒤섞으며
햇살 따사롭던 파고다공원 흙의 기억과
엽록소 죄다 빠져나간 심신의 온기를 포개면서

지층을 뚫고 밀려오는 전동차
소리의 파도에 한 번 더 휩쓸리며
지하천국으로 가는 경로우대 무임승차
승객들이 어둠처럼 쌓여 거름처럼 썩고 있었다.

지하계단에서

지하철 역사 계단에서
꼽추 노인이 난간을 닦고 있었다.

운명의 등짐을 걸머진 채
주름진 맨손에 때 절은 걸레를 움켜쥐고
지하계단에 매달린 유령거미

지옥행 천국철天國鐵 다급한 승객들
무관심의 먼지를 닦아내면서
목숨의 거미줄을 치고 있었다.

바쁜 사람들의 냉담한 눈길만큼이나
차가운 구정물에 쥐어짜는 걸레에서
오르는 훈김 너머로 얼핏 비치는 미소

둥글게 말린 고사리 새순을 펴면서
한 계단 한 계단 천천히
지하 낙원의 계단을 오르고 있었다.

잡초들의 해바라기

잡초들이 해바라기한다.

꽃들은 모두 바다로 빠져 달아난
휴가철, 땡볕에 빛바랜 연둣빛
희망이라는 이름의 조끼를 걸치고
근로에 나선 잡초들,

땅에서 질기게 살아남은 사람들이
장마에 무성해진 설움을 뽑으면서
하늘을 올려다본다.

차양모자 그늘 아래 가늘게 뜬
눈빛이 향하는 하늘 한가운덴
너무 뜨거운 태양…

아무리 뽑아내도 다시 돋는
가난은 죄가 아니라지만
대물리고 싶지 않은 유전이라고

잡초가 잡초를 뽑으면서
뿌리 뽑힌 기억들을 추스르다가
흙바닥에 주저앉아 시리도록
높이 뜬 태양을 올려다본다.

노숙자

용산역 지하철 승강장 벤치에
한 사나이가 누워있다.

번데기처럼, 포대기에 감싸인
아기처럼 발끝에서 머리끝까지
남루를 둘러 싸매고 움츠린 채
모로 누워 잠자고 있다.

세상을 등진 채
그는 왜 여기에 있을까?

바람이 찬데,
무관심을 실어 나르는
전철이 오갈 때마다 더욱 세찬 바람 몰아닥쳐
해일처럼 밀려왔다 밀려가는
사람들의 발길과 눈길들
무심하게 떠내려가고 있다.

천장의 형광등은 창백하게 병들고
아무리 시끄러워도 깨어나지 않는
시끄러울수록 더 깊은 잠에 빠져드는
여기는 동굴 무덤 속, 부활하신 예수가
노숙의 고치 속으로 스며들어
구원을 구원해 주기를 간절히 고대하고 있다.

역설

― 일본 벳부의 해지옥에서

번뇌 깊어 영롱한 바다
코발트블루의 지옥에서 천국을 맛본다.

열천에 삶은 달걀처럼
반쯤 익은 인생 여행길

지옥순례 중 온천에 발 담그니
자몽처럼 둥둥 뜨는 큰 생각 몇 알

뜨거우니 시원하고
시원하니 살 것 같네

쿨하게 사는 게 유행이라지만
뜨거운 것이 좋아

사랑이 없으면 낙원도 지옥이며
그대와 함께라면 지옥도 천국이니까

한 생각 달리하니

유황 타는 불못에 대귀련大鬼蓮이 핀다.

강철나비

— 발레리나 강수진의 마지막 공연을 보고

두터운 장막을 가르며
선녀가 그네를 탄다.

움직일 적마다 하르르
달빛나비 접분蝶粉 흩뿌리며
어두운 세상 어루만진다.

단 한 번의 인생 무대
아름다운 주인공이 되기 위하여
수천 번 죽었다가 다시 깨어난
불사조의 넋,

스스로 걸어 들어간
용광로 속 불길에서 정화한 몸
더할 수 없이 매질하고 다듬질하여
물길에 담그고 금강석 가루에 갈고닦아

몸 아닌 몸으로 다시 태어난

그녀 꿈속 나비의 날갯짓이
첨단 도시 복판에 미풍美風으로 밀려와
아스팔트 심장에 천국의 꽃을 피우다가

집시의 노래로 떨리던
바이올린 현이 끊기듯
비상의 나래 떨며 접을 때
연연히 흐르던 달빛 영원으로 고인다.

먼지

– 영화 「위대한 침묵」을 보고

어두컴컴한 극장
듬성한 관람석에서
고요히 머무르며 설레인다.

서설처럼 날갯짓하는
빛이 충만한 가슴속
봉쇄수도원 회랑에서
소리 없는 군무를 춘다.

그저 티끌일 뿐
아무것도 아닌 내가 되어
위대한 침묵 속을 떠도는
저 눈부신 부유—

영원 속에 스스로를 가두고
온전히 해방하면서
감동의 순간을 찬미한다.

게시판

상처뿐인 중립지대다.
탄환처럼 튀어 박힌 압침들을 가득히 끌어안은 채
황량한 추상화로 서 있는 2010 한국 예수의
휑뎅그렁한 가슴속,

후텁지근한 바람이 훑고 지나간다.
궂은비가 오래 내리려는지
방학을 맞은 캠퍼스가 무덤처럼 적요하다.

자랑처럼 연정처럼 나붙었던
그 많던 게시물들은 모두 어디로 갔을까?
박 속 같던 가슴을 온통 뒤덮었던
황색 공고문과 적색 포스터들,

현상의 구름들이 우르르
하늘로 몰려갔는지
석양도 뉘엿뉘엿 땅거미에 가리고
로마병정 같은 관리인 두 사람 망치와 펜치를 들고
무표정하게 상처투성이 가슴팍을 후비어댄다.

오카리나

– 성심의 집 공부방 아이들

아이가 울어요.
구멍 난 작은 심장을 붙안고
아이가 울고 있어요.

얼기설기 이 빠진 울타리 사이로
새어드는 시린 바람을
고사리 손으로 틀어막으며
더듬더듬 숨죽여 울고 있어요.

아이가 울면 하느님께서 우시고
아이가 웃으면 신께서도 웃으신답니다.

천사가 건네주는
음악의 햇살 한줌에 눈물 마르는
아이의 눈망울에 무지개가 어려요.

무지개를 따라잡는 아이의

가슴에는 연둣빛 새싹이 움트고
휘파람새 작은 부리 별빛 숨결 뿜으면
천상의 멜로디가 흘러나와요.

아이의 울음이 노래가 되어
새하얀 눈꽃 향기가 되어
넓은 세상 숲 무대에 울려 퍼져요.

개심사 왕벚꽃

활짝 열린 마음에 큰 꽃이 피었어요.

흙먼지 날리는 세상길을 돌아
생사윤회 집착의 사계절을 벗어나
햇살 가득 밝아진 눈을 뜨는
한 무리의 노시인들,

세월의 풍파에 시달린 몸뚱어리
관절염에 굳어진 뼈마디 마디
심령의 골수를 쪼개어
극락의 만다라를 피워냈어요.

지상인지 천상인지
늘그막에 등단한 문선들이
한가로이 개심사 뜰을 거닐며
생의 꽃구름을 빈 바람결에 날려 보내요.

야외수업 2

선생님을 모시고
시작법반 문우들과 봄소풍을 갔다가
충청도를 한보따리 싸가지고 돌아왔다.

반역의 세월 죽음으로 막아낸 성삼문의
충절을 닮은 산고사리와
획 하나에 무한시공을 담은 추사의
벼루 열 개와 천 자루 붓을 닮은 산더덕과
나를 죽여 나라 살려낸 이순신의
멸사봉공의 칼날처럼 푸른 참두릅,
삼월 하늘 우러러 만세 부르던 유관순의
부활의 봄 향기 그윽한 참나물과
청산리대첩을 이끈 김좌진이나
임의 침묵의 만해처럼
말보다 행동으로 보여주는 충청도 사나이들의
심장 같은 참취를 봉지 봉지 사서 돌아와
굽고 데치고 무쳐 먹는다.

나른한 정신에 생기를 되찾을 수 있을까
민족의 정기 서린 가야산 줄기줄기
성웅과 열사와 의사와 장군과 의병들의
지조 높은 빛깔에 물들고
서성과 시성의 묵향에 슴배여
한 편의 좋은 시를 쓸 수 있을까 하고.

인연

2011년 11월 11일 11시 11분 11초에
시창작 교실에서 우리는 함께 있었다.

하고 많은 시간들과 장소들 중에서
현대의 70억 인류 가운데에서
하필 지금 여기에 우리 함께한 연유는 무얼까.

옷자락 스친 그 원인 알 수 없어도
문학가족 보금자리는 에덴동산

임립林立한 나무들이 저마다의 색깔로
탐스러운 창조의 열매를 매달듯이

우리는 열정의 詩 에스프리로
뜨거우면서도 서늘한 시심의 볼을 부벼
생명나무 창작을 도모하고 있었다.

종이컵 1

일회용품에 지나지 않았다.
제아무리 어여쁘게 분단장을 하여도
한갓 바람에 날리는 꽃잎에 지나지 않았다.

일회의 삶, 단 한 번의 만남도
꽃으로 피워 꽃답게 누리려 하였더니
즈려 밟힌 꽃잎에서 꽃울음 내음이 난다.

마지막 진실을 지키기 위해
한 모금 따스했던 추억을 안고
표표히 떠나가리라.

바람이 분다. 거리에
플라스틱 컵에도 밀려난
종이컵이 구겨진 채 나뒹굴고 있다.

빨간 우체통

오랜만에 만난 옛친구
예전 모습 그대로 변한 게 없네.

세상은 썰렁한 바람처럼 흘러가는데
사철 뜨거운 정열의 빨간 옷에
온종일 제자리에 차렷 자세로 서서
품 넓은 가슴을 열어 누구를 기다리는 듯

하지만 지금은 찾는 이가 거의 없다네.
하얀 날개 다소곳이 펄럭이며
반가운 사연의 이파리를 물어다가
기다리는 고운 손에 살며시 떨궈 놓던
옛 시절의 즐거운 이야기가 있을 뿐.

안녕! 하며
다문 입술에 살며시 손을 넣으니
혹, 잠자던 그리움이 체온처럼 끼쳐오네
잘 있어! 아쉬움에 둥근 어깨를 두드리니

텅, 허기진 외로움이 동굴처럼 메아리치네.

인도에 붙박인 빨간 다리 옆엔
노란 씀바귀와 보라 엉겅퀴
보도블록 틈새에서 자라난 풀꽃들만
새 벗이 되어
잿빛 대기를 싱그럽게 물들이고 있네.

담쟁이를 위하여

아스라한 단애斷崖
새들도 찾지 않는 석벽에서
태고의 숲속나라를 꿈꾸는가.

담이 아무리 높아도
벽이 아무리 단단해도
스러지지 말아요.
포기하지 말아요.

바닥을 기던 비천한 족속이라고
뼈대도 줄기도 없는 가문의
어설픈 덩굴이라고
자학하지 말아요.
주저앉지 말아요.

담벼락은 든든한 장애,
덩굴 뿌리가 깊으면 녹음이 되듯이
가난도 깊으면 예술이 된다고

흙벽을 뒤덮은 잎들이
바람의 붓을 따라
초서草書를 꿈꾸며 해서楷書를 익히는 밤
가슴에 별빛을 담고
가녀린 덩굴손으로 준령을 타고 넘어요.

단애를 기어오르던 억센 손처럼
악착같은 붙임뿌리 간절히 뻗어 올리며
비단노을 휘감기는
황혼의 미학을 위하여
녹색의 행진을 멈추지 말아요.

무너짐에 대하여

무너지는 것이 어찌 해안선뿐이랴.
끝 모를 우리들의 헛된 열기에
무너지는 것이 어찌 바닷가 모래톱뿐이랴.

유약한 내 안에서 항시 푸르게
출렁이던 그대
내 꿈의 조각배를 띄워
아무리 발돋움해도 보이지 않는
수평선 저 너머
해조음을 실어 나르던

그대를 위해서라면
어기찬 방파제로 살아도 좋고
피맺힌 해당화로 피어
철새들 손짓하며 보내도 좋은
가없는 바다로 열려
한없는 마음의 넓이 지니고 싶었던

그대 숨결 속에 반짝이던
지성의 빙산이 무너지고
밀물과 썰물, 조금과 사리로 드나들던 은유
절묘하던 언어의 수위가 무너지고
영원하리라던 우리들의 약속
그 헛된 기대가 무너지고
내 가슴 아름다운 모래성이 무너져 내린다.

그러나 무너진다는 것은
새로이 쌓아갈 기회를 갖게 된다는 것.
폭풍우에 무너진 돌담처럼 내려앉은
너의 어깨, 길고 어두운 그림자를 이끌고
인파 속으로 사라져가는 그 뒷모습이
바람에 흔들리고 있다, 보이지 않게
돋아나는 작은 풀꽃들이 견고한 어깨를 짜고
폐허 가운데 더욱 든든히 일어서고 있다.

나무흙손*

어느 험한 길 고르며 예까지 오시었을까.
영욕의 역사를 넘어, 망각의 강물을 거슬러
어제인 듯 다가서는 오늘의 당신
마주잡은 그 손길이 태고의 봄날입니다.

둥근 나이테 무늬 선명한
백제의 흙투성이 유물처럼
투박한 듯 섬세하게
거친 듯 매끄럽게

피어나는 황토빛 진리의 등불을 들고
묵묵히 평화의 길 다듬어온 당신의
인생역정은 천로역정,
두툼한 그 손길에 기대어
눈보라로 서성이던 마음 녹이고 싶은
온돌방입니다. 질화로입니다.

재 속에 잉걸불 이글이글 살아있는

오래된 미래의 감추어진 희망,
눈먼 자들의 도시 속에서 어쩌다 눈뜬
까마득한 삼국시대 옛사랑의 불씨입니다.

* 나무흙손 : 집을 지으면서 마무리할 때 쓰는 도구. 2005년 백제 시대
  산성인 전남 광양 마로산성에서 흙투성이 유물이 발굴된 적이 있다.

함께 비 맞기

그가 비를 맞을 때
나도 비를 맞았다

뻐꾸기 우는 초여름 한낮
숲길을 거닐다가
쏟아지는 소나기를
함께 맞았다

고난의 비는
마른 대지를 적시는
축복의 노래

무덤에서 일어난
풀들이 아이처럼 우쭐거리고
빛을 사모하는 잎새들의
초록이 어둠처럼 짙어졌다

들찔레 들장미 어우러진

숲속 빗길에서
우산도 없이 비를 맞는
그가 젖을 때
나도 젖어
우리는 함께 비가 되었다

머리로
가슴으로
다리로
흙속 뿌리로
아래로 아래로 흐르며
끝없는 이야기가 되어
초목으로 움트고 있었다

제4부
가마솥과 달항아리

달항아리

간장 흔적이 남아 있었다.

달 표면의 얼룩처럼
고난의 그림자 드리워진
항아姮娥의 생활

선녀가
땅에 내려와
썩어서 단맛 드는 삶을 품었다.

천년 꿈에
그리움만 배부른 채로
학울음 비껴가는 만월을 그리면서도

빈 가슴 가득
펄펄 끓는 사랑으로 거듭난
짭조름한 인정을 채우고 살았다.

가마솥 길들이기

불은 솥의 숙명이었다.
돌로 떡이 되게 하라는
유혹을 물리치고
쇳돌덩이로 밥을 짓는
기적을 이루라는 소명이었다.

용광로 불길에 사로잡혀
원죄를 태우고 삼독을 녹이고
아상을 허물어뜨린 고집덩어리,
참회의 울음이 통곡의 바다가 되어
해변 모래거푸집에 안겨
가마솥으로 거듭났어도

자꾸만 생겨나는 오욕 칠정
습관의 녹에 무뎌지기 쉬운 몸과 마음을
수행의 철수세미로 박박 문질러 닦아
부질없는 잡념의 쇳가루일랑 씻어 버리고
뜨거운 기도의 장작불 쪼여가며

정진의 기름 행주질로 윤을 내야 했다.

인중이 긴 추기경처럼
생명의 한솥밥을 짓기 위하여
끊임없이 출렁이며 출싹대는 불길에
자꾸만 끓어오르는 속마음
묵직한 침묵으로 눌러 다스리면서
그렇게 불을 견디듯 순명하며 살아야 했다.

오이소박이

오이에 소를 박듯이
생활에 나를 박는 시간,
제철 백오이를 사다가
소박이를 담근다.

사등분으로 나뉜 오이들처럼
곧거나 굽은 내 삶의 토막들
열십자 깊게 패인 시간들을
절절 끓는 소금물에 데치고 절여서

부추, 당근, 양파, 흙 묻은
마음들을 깨끗이 씻어 곱게 다져서
마늘, 생강, 고추 같은
지성과 열정의 양념에 버무린
소를 박으면

비우면서 채우고
채우면서 비워지는

나, 노란 통꽃 떨어진 일상이
백자 보시기에 꽃으로 핀다.

박달나무도마

움푹 파인 목질의 평면 위에
아픈 세월이 각인된
엄마의 흔적이 또렷하다.

고운 새색시
풋풋하던 시절은 잠시였으리.
아무리 단단히 마음먹어도
모질지 못한 가슴에 얹히던
맵고 짜고 비리고 아린 나날들

숙명이 가슴을 치고 도려내어도
흩어지려는 마음 오롯이 쓸어 모아
곱게 썰고 다져서
맛깔스레 베풀던 모성의 세월에
주름살 고랑 파이던 삶이 얼마나 쓰라렸을까.

더 이상 상처 받지 않는 나라로
떠나신 지 이십 년

엄마의 인생은 불후의 명작이 되어
내 삶의 도마에 각인되어 있다.

도마질 소리

눈을 감고 귀 기울이면
저편 부엌에서 들려오는
"똑똑똑똑 똑똑똑똑---"

다급히 살림의 대문을 두드리며
정신의 깊은 잠을 깨우는
아련한 도마질 소리

호박과 감자를 둥글게 썰고
갈치나 꽁치를 토막 내거나
당근과 무를 채 썰고
마늘과 생강을 으깨어서

우리들 인생의 배를 불릴수록
홀쭉하게 파이던 엄마의 삶은
마구 베인 상처에 김칫국 벌겋게 밴
오래된 나무 도마

전신으로 퍼진 암 덩어리들로
앙상해진 등허리에 선연하던 욕창 자국
불룩하게 차오른 복수에 숨이 가빠도
내리치는 운명의 칼날을 달게 받으며

"우리 딸들은 잘 살 거야."
마지막 순간까지 정겹던 그 소리는
꿈에도 그리운 엄마 목소리

매생이굴국을 끓이며

바다가 그리운 날엔
매생이굴국을 끓인다.

굴 한 됫박을 참기름에 볶다가 끓이다가
매생이 한 움큼 조심스레 집어넣으니
레인지 불 위의 냄비에서 끓어 넘치는
여자의 바다가 짙푸르다.

푸른 머릿결 출렁이며 유영하던
생굴처럼 도톰하고 싱싱하던 여자,
한낮의 바다가 끓어 넘치면
무성한 해초 가지런한 머릿결은
에메랄드빛 밤으로 익어가겠지.

그래, 나는 저물고 네가 밝아야지.

우그러진 냄비 가득 개풀어진 매생이 속에서
콩알만큼 줄어든 석화를 찾아 휘저으면

보이지 않는 연기 속에서
나타났다 사라지는 엄마의 얼굴

동해바다 안개 속
해조음 여울지는 훈김 너머
모나리자의 미소 속에 일출이 밝아온다.

보자기

내어주기 위해 펼치는
분홍빛 마음자락

다 주고도 모자라
얼기설기 노끈으로 이어 감싼
찹쌀, 팥, 된장, 고추장, 참기름,
토란줄기, 호박고지, 무말랭이…

시골을 통째로 이고 와서는
서울 사는 딸네 집을 찾아가는
노부부의 허름한 뒷모습

언제든 펼치기 위해
접어두는 마음의 비단 필
짊어지고 걸어가는 낙타의 실크로드

재래시장에서

재래시장 허름한 좌판 앞에서
머리 하얀 촌로가 고구마대 껍질을 벗기고 있다.

가난을 풍요로 일군 텃밭에서 자란
고구마 같은 자식들은 대처로 나가고
이제는 살만 해도 놀면 뭐하느냐며
부지런히 놀리는 손끝에 풀물이 든다.

나 같은 늙은이 뻣센 손으로 해야지
젊은이들 여린 손으로 어찌 이런 일을 하겠느냐고
익숙한 헌신을 시처럼 읊조리며
바구니 가득 쌓아놓는 연둣빛 애련

뙤약볕에 그을린 고구마 줄기줄기
순하디 순한 순을 꺾어 다듬으며
삶의 마지막 피막마저 훌훌 벗어던지는
험하디 험한 손등에 모성의 힘줄이 굽이친다.

푸른 와이셔츠

어슴푸레한 형광등불 아래
푸른 와이셔츠가 빛난다.

별빛처럼
언제나 위태로운
어둠의 파수병

살닿는 부분마다 때가 타는 정신의
칼라와 커프스, 움직일 때마다 구겨지는
마음의 몸판
심지가 상하기 쉬운 자존심의 칼라와
펜을 쥐는 손목 위
해진 자신감의 커프스가 아리다.

무심한 세월의 풍파에
침엽처럼 퇴색하는 그이의
Y셔츠, Y염색체

번쩍이는 견장 하나 없이
무겁게 짓누르는 책임만을 짊어진 채
아무리 허우적거려도 펼칠 수 없는 날개 끝
명왕성처럼 왜소해진 어깨가 시리도록 푸르다.

소금항아리

못생긴 데다 금까지 간
입 큰 항아리 하나
우리 집 장독대 귀퉁이에 있었다.

옹기장이의 실패작처럼
흠 많고 모자란 이모의 배처럼
불룩한 항아리가 더부살이하고 있었다.

엄마에게 야단맞고 찾아가면
언제나 한결같은 함박웃음으로
유년의 설움을 다독이던
눈자위 촉촉한 그녀의 가슴속
버석한 진실의 알갱이들

소금인양 하얀 개망초 꽃핀
묵정밭을 터덜거리다가
허전함에 달려가 품에 안기면
이런저런 말없이

물 사리 한 바가지 퍼주곤 했다.

한바탕 파도가 휩쓸고 간 자리
매정한 세상의 돌팔매에서 용케 살아난
그녀가 장독들 틈에 없는 듯 숨어
앙천의 몸짓을 익히고 있었다.

매실청

모든 걸 다 걸었다.
무모한 줄 알면서도 빠져들었다.
유기농 설탕에 전부를 내맡기고
캄캄한 독 속으로 기어들었다.

둘이서 하나 되어 녹아내리길
녹아서 보다 나은 우리 되기를
빌고 또 빌면서
일백일을 견디고 석삼년을 기다렸다.

당신과 나 사이
뛰어넘을 수 없는 간격을 넘어
아득한 그리움의 심연을 건너
창공이 머무는 강 되어 흐르기 위해

단 한 번 목숨 걸고 뛰어든
아무르 시크레Amour Secret,

청춘을 저당 잡힌 채
짓무르고 삭아가는 나날이어도
안으로 익어가는 맛이 있었다.

시나브로 깊어지는 수렁이어도
선약으로 거듭날 꿈이 있었다.

별을 노래하던 첫사랑의 눈빛을 지나
동산의 꿈나무 탐스럽던 열매를 넘어
할머니 젖가슴처럼 쪼글쪼글해진 뒤에 남은
청밀淸蜜, 말간 별빛 머금은 그런 약속이 있었다.

누름돌

눌러야 솟아오른다.

물 속 깊은 침향처럼
가라앉혀야 꽃으로 솟는다.

스티로폼처럼 둥둥 뜨는
참을 수 없는 존재의 가벼움
헤프게 나도는 전단지처럼
상하기 쉬운 바람일랑은
독 속에 깊이 잠재우고

시냇가 여울목에
곱게 다듬어진 보뱃돌
동글납작 돌부처를 모셔와
윗자리에 두어야 개성이 산다,

묵직한 침묵으로
지그시 눌러주는 손길 아래

온전히 숨이 죽어야 도달하는
맛의 천국 시민의 품격이 산다.

껍질론 1

껍데기로 살겠습니다.
어설픈 바람이 설익은 열매를 낳는
떫은 세상의 주변으로 물러앉아
조용히 속을 익히며 살겠습니다.

연약하기에 추워지는 마음은
안일의 외투 속에 숨고만 싶지만
춘궁기 일터에서 목피를 벗겨오던
아버지와 할아버지의 단단한 손등처럼

알맹이를 위하여
가능의 씨알을 위하여
북풍한설을 기꺼이 견디어내고
오뉴월 염천도 마다하지 않겠습니다.

껍데기를 벗은 껍데기로
빛의 갑옷을 입은 알맹이의 껍데기로
과육을 감싸 안고 씨앗을 키워내며
수확의 그날을 고대하며 살겠습니다.

껍질론 2
― 양파껍질

엄마는 껍데기였다.

옥파 곱게 여민 머리
척박한 땅에 거꾸로 처박은 채
양파 속 같은 자식들
고이 감싸 기르고 나서
하릴없이 버려지는 양파껍질이었다.

목숨의 젖줄 흐르던 황토 가슴
생글대는 자식들에게 모두 빨리고
끝내는 암 덩어리에 먹히어
말라붙은 육신 한 겹
속절없이 버리고 떠나가신

어머니, 메마른 기억을 벗기면
왈칵 눈물이 솟구친다
애달픈 그 일생을 우려내면
가슴엔 어느새 마알간 황톳빛
녹슬지 않은 그리움이 고인다.

껍질론 3

― 옥수수껍질

수북이 쌓인 습작기의 파지들
쌓이면 쌓일수록
강냉이 이빨 환한 시가 알알이 여문다.

미전美田을 지키는 파수병의 장대처럼
늠름한 모습으로 버텨온 세월 속에는
허기에 지친 속을 달래며 삼켜온
속 깊은 눈물의 시간이 많았으리

시 한 편을 얻기 위해
몇 겹 허물을 뒤집어쓴 채로
숨죽인 시간의 알맹이들을 감싸 안고
거센 비바람과 뙤약볕의 나날들을 견뎌왔을까

너의 먹이가 되어도 좋고
너의 피리가 되어도 좋은
오롯한 한 덩어리 진실을 위하여
얼마나 오랜 밤들을 서성이며 지새웠을까

껍질론 4
– 감자껍질

만만한 게 감자
쓸모없는 게 껍질이라고
그렇게 함부로 막 대하지 말아요.

땟국 절은 맨주먹 투박스런 얼굴에는
질끈 감은 눈들이 시퍼렇게 살아서
영혼의 푸른 숨을 쉬고 있어요.

종잇장보다 얇은 목숨이지만
아교보다 끈덕진 애착과 애정으로
춥고 황폐한 땅 어디에서든
뿌리 뻗어 살아나갈 힘이 있어요.

재와 분뇨를 뒤집어써도
토실토실 포근포근 인정 도타운
하얀 속마음을 키워내는
성과 속 사이의 얇은 막 한 껍질

고흐의 감자 먹는 사람들처럼
흐릿한 등불 아래 둘러앉은
흙 같은 농부들의 선한 얼굴에
알알한 꿈의 싹이 실려 있어요.

사골곰국

뼈가 시리게 추워질 때면
사무치게 그리운 사람이 있다.

허여멀거니 건질 게 하나 없다고
소처럼 갑갑하기 짝이 없는 친구라고
모두들 외면하며 저마다 제 길을 갔지만

뼈아픈 고독에도
물과 불의 자리를 지켜온 세월
은근과 끈기로써 강직을 고아
온유를 우려낸 진국의 친구가 있었다.

찬바람 부는 날이면
어김없이 찾아와
따뜻한 손을 내밀던 친구

살수록 별것 아닌 인생길에
사귈수록 우러나는 뽀얀 인정미
우려낼수록 진진한 진국이 끓었다.

한가위 선물

한가위 선물로 견과류 세트가 날아왔다.

대추, 호두, 잣
누가 보냈는지, 포장을 벗기자
윤기 자르르한 씨알들이
바닥으로 와르르 쏟아져 내렸다.

잘 여문 씨알들이
가슴으로 쏟아지며 알알이 씨를 뿌렸다.

군중이 오가고, 새들이 쪼고
돌과 가시덤불 무성한 마음밭 어디쯤
이처럼 열매 맺을 땅이 있을까.

세상인심이 변하듯 기후도 변하여
작황이 예전 같지 않다고
드러누운 평계의 무덤 위로
한가위 달빛이 눈부시다.

월광 머금은 비유의 선물
보낸 이 누구신지 알 듯 모를 듯
암유를 머금은 채 말이 없는
한가위 보름달도 눈이 아리다.

텃밭에서

산등성이 넘어가는 해를 따라
새들이 저마다의 둥지를 향해 날아가면
나는 집 근처 텃밭으로 걸어가
바위처럼 무겁게 쪼그려 앉는다.

오늘은 얼마나 자랐을까.
햇빛과 달빛의 경전을 외우며
하루하루 키워가는 생활의 보람,
상추는 상추끼리 고추는 고추끼리
방울토마토는 방울토마토끼리
풋풋한 진실의 향기를 풍기면서
가지런히 움쳐 펴는 흙의 날개가 소담하다.

탐스러운 깃털에 넋을 빼앗겨
허공을 헤매던 나날들이 너무 많았지.
낮에는 도라지꽃 밤에는 박꽃으로
소란스러운 세상에 울타리를 치고
매미 여치 베짱이 쓰르라미

풀벌레 악사들이 온종일 베푸는
실내악의 향연에 귀 기울이면

무수한 실개천 풀리어 굽이치는 소리의
바다 한가운데 묻어둔 피아노가 울리고
영원의 저편에서
긴 한숨을 삼키며 피는 꽃상추 어린잎
줄기 끝에 배어나는 상념의 빛깔이 아리다.

이장移葬

죽으면 썩어질 육신이라며
생전에 몸 뉘일 새 없이 움직여 쌓더니
참, 곱게도 썩어 땅에 가만 누워 계시네.

젊을 적 젖빛 살결은 자식들에게 나눠 먹이고
늙어 가뭇한 살점들은 암에게 보시하고
쪼그라진 가죽 한 겹 둘러쓰고 저승길 가시더니

그마저 흙에게 고루 공양하고
잘렸어도 징상시리 꿈틀거리는 뿌리들에게
골수까지 다 내어주고
참, 깨끗이도 육탈하셨네.

돌아가신지 스무 해
울 엄마 그 곱던 옥색치마는 하늘에 둘렀는가.
진즉에 천국으로 옮겨가신 넋은 햇살로 부서지는데
설삭은 뼈는 선산 구석 작은방에 수를 놓으며
엉킨 이승의 실을 마저 풀어 매듭짓고 계시네.

치과에서

일체형의자에 누운 채
두 눈을 꼬옥 감고
기도처럼 두 손을 모아 쥐었다.

허공으로 입을 벌린
달항아리처럼
입을 벌렸어도 할 말은 차마 하지 못하고

은은한 빛으로 뜻을 전하는
달빛, 세월에 벌레 먹은

회한을 갈아내고 때우면서
아픈 신경을 다스리는 동안
폐품이 되어가는 중이라고

반백년 낡은 인생 폐품으로
황금의 꽃을 궁리하는 중이라고.

길 떠나는 가족

– 이중섭 화백의 <길 떠나는 가족>에 부침

머무르고 싶어도
머무를 수 없는 마음이
설레는 그리움의 길을 따라 떠나요.

캔버스 둥근 가슴에
세상 모두를 끌어안고 싶었지만
세상길은 뾰족 돌밭
부서지기 쉬운 은종이의 심장에
꿈의 조각들을 새기며 가요.

한손으로는 생의 고삐를 누그려 잡고
다른 한손으로는 하늘을 떠받친
화가아빠랑 아내랑 아이들이랑
누런 황소랑 흰 새랑 붉은 꽃이랑
사랑의 끈에 매여
소달구지 타고 가는 길 위에
밀감구름 한 자락 바알갛게 웃고 있네요.

가난과 주림도 슬퍼하지 않아요.
이별과 배반도 원망하지 않아요.
피난살이 애면글면 길은 험해도
마음은 언제나 비단결같이
쇄골 앙상한 철필로 빼빼 마른 연필로라도
새하얀 종이 위에 낙원을 펼치며 가요.

물감과 화폭이 만나듯이
만나야만 하는 우리
머무는 곳마다 꽃들이 피고
온 세상과 어울려 원무를 추는
머나먼 천국의 그림 속으로
다시는 헤어지지 않을 길을 찾아 떠나요.

■ 임미옥 林美玉 −1960년 전남 진도 출생. 광주 성장.

전남대학교 불어불문학과 졸업.

1998년 『시문학』으로 등단.

시집 『사과 깎기』(2002), 『첼로꽃』(2009) 발행.

현재 용산 아이파크문화센터 강사(시·수필 창작법).

계간종합문예지 『문학사계』편집장.

심리상담가(한국가톨릭상담심리학회 146호).

나사렛대학원 문학치료학 전공과정.

E-mail − mirangseng@hanmail.net

눈의 나라 설화

| 초판 1쇄 인쇄일 | 2016년 9월 7일 |
| 초판 1쇄 발행일 | 2016년 9월 12일 |

지은이	임미옥
펴낸이	황송문
편집장	김효은
편집 · 디자인	김진솔 우정민 박재원 백지윤
마케팅	정찬용 정구형 정진이
영업관리	한선희 이선건 최인호 최소영
책임편집	백지윤
인쇄처	국학인쇄사
펴낸곳	문학사계
배포처	국학자료원 새미(주)

등록일 2005 03 15 제25100-2005-000008호
서울특별시 강동구 성안로 13 (성내동, 현영빌딩 2층)
Tel 442-4623 Fax 6499-3082
www.kookhak.co.kr
kookhak2001@hanmail.net

| ISBN | 978-89-93768-43-5 *03810 |
| 가격 | 9,000원 |

* 저자와의 협의하에 인지는 생략합니다.
  잘못된 책은 구입하신 곳에서 교환하여 드립니다.